国际运动风筝竞赛规则与裁判法

（2005 年 11 月 1 日）

中国风筝协会审定

U0105691

人民体育出版社

图书在版编目（CIP）数据

国际运动风筝竞赛规则与裁判法／中国风筝协会审定.
北京：人民体育出版社，2006
ISBN 7-5009-2966-8

Ⅰ.国… Ⅱ.中… Ⅲ.①风筝—运动竞赛—竞赛
规则②风筝—运动竞赛—裁判法 Ⅳ.G898.14

中国版本图书馆 CIP 数据核字（2006）第 023183 号

*

人民体育出版社出版发行
三河市紫恒印装有限公司印刷
新 华 书 店 经 销

*

787×960 32 开本 4.375 印张 69 千字
2006 年 12 月第 1 版 2006 年 12 月第 1 次印刷
印数：1—3,700 册

*

ISBN 7-5009-2966-8/G·2865
定价：9.00 元

社址：北京市崇文区体育馆路 8 号（天坛公园东门）
电话：67151482（发行部） 邮编：100061
传真：67151483 邮购：67143708
（购买本社图书，如遇有缺损页可与发行部联系）

前　言

　　运动风筝因其具有较强的体育性、竞技性和娱乐性而备受世界各地人们的喜爱。为加快对该项目的推广力度，提高我国运动风筝的竞技水平，促进与国际间运动风筝组织的交流，中国风筝协会编译了这本《国际运动风筝竞赛规则与裁判法》（包括规定动作手册），以便国内风筝组织、爱好者在比赛和培训中使用。

　　参加本书编译的人员有：李杰、公冶民、杨曾秦、苏洁等。

　　由于编译时间仓促，难免纰漏之处，欢迎广大风筝爱好者在使用中及时提出宝贵意见，以便今后修正时予以完善。

二〇〇六年三月十六日

总 目 录

第一部分
国际运动风筝竞赛规则
目　录

第二部分
国际运动风筝裁判法
目　录

第三部分
国际运动风筝规定动作手册
目　录

第一部分
国际运动风筝竞赛规则

一、简 介

早在 1996 年我们就酝酿成立国际运动风筝规则委员会（IRBC），欲编写一本实用的竞赛规则方面的书，供全世界的参赛选手使用。

本书仅包括定义、规则和细则。其目的在于使这项运动对参赛选手和观众更具吸引力，涉及到判罚或者扣分的具体分数在本书裁判法中有更多细节。

国际运动风筝规则委员会（IRBC）在此向多年来所有致力于发展运动风筝的人士致谢，特别是那些在编写本书时帮助和支持过我们的人们。我们诚挚地感谢你们——所有风筝爱好者、裁判员、竞赛组织人员以及其他技术人员，感谢你们的耐心，希望本书能使运动风筝在 21 世纪里腾飞。

该规则的正式批准时间为：

2005 年 4 月 1 日——全日运动风筝协会

2005 年 8 月 1 日——美国风筝爱好者协会

2005 年 10 月 1 日——欧洲运动队及竞技风筝协会

二、定　义

（一）批准机构

本规则经全日运动风筝协会（AJSKA），美国风筝爱好者协会（AKA）和欧洲运动队与竞技风筝协会（STACK）一致表决同意。各执行机构可制定附则，以进一步解释和说明该规则或国际运动风筝规则委员会制定的其他规则的各个章节。

规则执行机构有责任积极地向所有参赛选手和竞赛组织者提供该规则及其附则。参赛选手有责任了解并遵守本规则。

（二）国际运动风筝规则委员会

国际运动风筝规则委员会由每个执行机构派两名成员组成。

（三）监督委员会

监督委员会由赛事组委会秘书长、一名裁判员代表（不允许为裁判长）以及一名运动员代表组成。其中裁判员代表由裁判组挑选，运动员代表由运动员在竞赛联席会议上推选。如有必要，监督委员会的成员可征求其他人员的意见。

（四）单项

单项比赛是指可独立组成比赛的部分，例如：双线风筝团体项目芭蕾套路比赛或复线风筝个人项目规定动作比赛等。

（五）综合项目

综合项目是指在相同的技术等级下，一项或多项单项比赛的组合，同一名参赛选手必须参加其中所有的单项比赛。例如，个人项目双线芭蕾套路比赛加个人项目双线规定动作比赛组合成个人项目双线赛。

（六）比赛

1. 团体项目比赛
团体项目比赛的参赛选手不得少于 3 人。
2. 双人项目比赛
3. 个人项目比赛

（七）双线风筝

风筝必须具有两根独立的控制线。

（八）多线风筝

风筝必须具有两根以上独立的控制线。

（九）串风筝

串风筝必须由3个或3个以上的风筝组成，放飞效果得像一个风筝一样。

（十）尾坠

风筝的尾坠可以自由地选择，它不作为风筝的一部分。

三、规　则

在任何情况下，裁判员不得更改本规则。

（一）处罚

任何违反规则或准则的参赛选手都要受到处罚。规则或准则中未涉及到的处罚，裁判长可依据参赛选手犯规行为的严重程度分别给予处罚，可取消参加单项、综合项目或整个比赛的资格。

（二）安全

在任何时候安全都是第一位的。若参赛选手出现不安全放飞的情况，主裁判可取消参赛选手单项的参赛资格，裁判长可取消其综合项目的参赛资格。

1. 界限

比赛场地必须设定外界（以红旗为标志），最好也设定内界（以黄旗为标志）。内界供司线员和赛场指挥使用，以警告参赛选手或其风筝已接近外界。

外界可用绳子或胶带等连接杆子、桩子或者其他物体形成。

2. 比赛出界

如出现比赛出界的情况，无论正在放飞、即将放飞或放飞刚结束，参赛选手均会得到取消该项比赛资格的处罚。本规则适用于从单项的第一次点名至比赛结束，具体情况由主裁判决定。

3. 身体越界

在比赛进行中，如果参赛选手身体的任何一部分移出了外界，该参赛选手将被取消比赛资格。

（三）体育道德

在比赛期间，所有参赛选手的活动都应遵守体育道德。

（四）裁判员

裁判员可将其部分工作（不包括执裁）委托给其他人。

1. 裁判长

比赛必须设 1 名裁判长。由裁判长指派各单项比赛的主裁判和其他裁判员。裁判长不得在比赛中当运动员，最好也不担任主裁判工作。

2. 裁判组

各单项比赛至少要有 3 名裁判员，最好有 5 名裁判员组成的裁判组。

3. 赛场指挥

各单项比赛必须设 1 名赛场指挥。

4. 赛场协管

根据单项比赛的规模、技术水平可设赛场协管。

5. 司线员

在任何单项比赛中至少要配备两名司线员。

6. 记分员

根据裁判组的成绩单制定成绩表，并按照裁判长的要求张贴成绩。如执行该规则的组织正式批准了某个记分程序或方法，那么，该程序或方法适用于该组织批准的所有比赛。

（五）赛场指导

在比赛场地中，除了赛场指挥的指导，参赛选手不得接受其他任何人的指导。

（六）抗议

1. 比赛争议

任何参赛选手如感觉受到不公平对待，可在适当的时间内向该单项比赛的主裁判提出抗议。如参赛选手对主裁判的答复不满意，可向裁判长提出抗议。如裁判长仍不能解决问题，参赛选手可以书面材料形式向监督委员会提出抗议。如参赛选手对处理结果仍不满意，则可将书面抗议材料以及监督委员会的书面答复材料提交到合适的仲裁机构。

如举办的国际比赛是由上述一个以上的组织批准，则国际运动风筝规则委员会为申诉的最终裁定机构。

2. 滥用职权

任何人发现裁判员有滥用职权的行为或者有悖于体育道德的行为均可向监督委员会控诉，还可以书面形式向适当的仲裁机构控诉。监督委员会可受理该控诉，并向该裁判员提出警告。遇到此情况，监督委员会还将向比赛批准组织递交一份书面报告。该批准组织可对该裁判员采取适当的措施，例如在一段时期内取消其裁判员资格。

如举办的国际比赛是由上述一个以上的组织批准，则由国际运动风筝规则委员会取代批准机构行使权利。

（七）双人项目比赛及团体项目比赛运动员资格

1. 注册

双人项目比赛及团体项目比赛运动员的资格必须是在适当的组织机构进行注册，注册的方式由该组织机构决定。

2. 参赛运动员的组成

在某项比赛中或不同项目比赛中（例如在芭蕾套路比赛和规定动作比赛中），参加团体项目比赛的选手的组成可以不同。团体项目的参赛选手不得在同一比赛中代表多个团体。

双人项目比赛参赛运动员的组成在同一项目比赛中不得有所不同，但在不同项目的比赛之间可以变化。

四、细　则

除非参赛运动员于赛前 30 天被告知，否则，裁判员不得更改本细则。

（一）赛前联席会

1. 竞赛联席会

比赛开始前，由裁判长主持召开由所有参赛选手、裁判员和组委会成员参加的联席会。裁判长要介绍具体规则和细则，赛事组织程序并回答有关比赛的问题；应安排足够的时间给参赛选手推选运动员代表；裁判长可决定每天赛前是否召集联席会。

2. 单项比赛联席会

在单项比赛开始前，由主裁判召集该单项比赛的联席会。主裁判要介绍该单项比赛的裁判员、赛场指挥、赛场协管以及司线员；说明比赛进场和退场的安排，宣布规定动作，确认赛场指挥已经收到为芭蕾套路比赛准备的音乐，并回答关于该项目比赛的具体问题。

（二）赛后总结会

1. 竞赛情况总结会

比赛结束后，由裁判长主持召开由所有参赛选手、裁判员和工作人员参加的竞赛情况总结会；鼓励各部分人员进行讨论，提出建议以改进将来的比赛。

2. 单项比赛情况总结会

只要裁判员或参赛选手提出，主裁判应召集该单项比赛情况总结会。

（三）放飞次序抽签

各单项比赛的放飞次序可在赛前随意抽取并张贴公布，也可在单项通气会上抽取。如出现比赛项目时间冲突的情况，由裁判长对放飞次序进行调整。

（四）比赛场地

比赛场地的外界尺寸不得小于下表所列：

	米	英尺
团体项目比赛和双人项目比赛	110 × 110	360 × 360
个人双线风筝	90 × 90	295 × 295
个人多线风筝	75 × 75	246 × 246

比赛场地的内界距离外界至少 3 米（10 英尺），并尽可能标出。尺寸优先采用米制。

（五）参赛选手上场与退场

与放飞场地相连的地方，要留出两块为参赛选手上场与退场的单独区域。参赛选手应在该上场区域等待信号上场。

（六）口令"in"（开始）和"out"（结束）

1. 规定动作比赛

参赛选手必须在每个规定动作开始时高喊口令"in"（开始），结束时高喊口令"out"（结束）。

在规定动作比赛中，如参赛选手在发出口令"in"（开始）后45秒内未发出口令"out"（结束），那么该规定动作得零分，比赛的下一部分（规定动作或者技术套路）随即开始。

在技术套路比赛中，参赛选手仍以口令"in"（开始）开始比赛，以口令"out"（结束）结束比赛。

2. 芭蕾套路比赛

参赛选手必须以口令"in"（开始）开始、以口令"out"（结束）结束。如参赛选手没有发出任何口令，那么裁判员将以音乐的开始作为口令"in"（开始），音乐的结束为口令"out"（结束）来判定。

（七）预备时间

参赛选手须得到赛场指挥的准许信号方可进入比赛场地。单项比赛的预备时间以该信号为起始。

	个人	双人	团体
单项比赛预备时间	3 分钟	4 分钟	5 分钟
规定动作之间预备时间	45 秒	45 秒	45 秒
规定动作与技术套路之间预备时间	90 秒	90 秒	90 秒

没有得到赛场指挥开始比赛的信号，参赛选手不得开始表演动作。如规定的预备时间已过而赛场指挥也未发出开始比赛的信号，那么参赛选手就必须在 45 秒之后开始放飞。参赛选手必须在收到赛场指挥开始比赛的信号 45 秒之内开始进行表演；如未开始表演，赛场指挥则会替参赛选手喊口令"in"（开始），同时裁判员开始记分。

（八）规定动作比赛

规定动作比赛，检测参赛选手的技术水平，它包括了规定动作和一个按规定动作编排的技术套路。

1. 规定动作

比赛当天由裁判长从最多 6 个规定动作中选取 3 个作为比赛动作，上述 6 个动作须于比赛前 30 天向参赛选手公布。参赛选手可从左到右完成规定动作的任何一种。参赛选手必须在赛场指挥允许其开始放飞前告知裁判组所要完成的动作的图形，否则，该动作得零分。一个规定动作必须在发出口令"in"（开始）后45秒钟之内完成。

2. 技术套路

技术套路是一套完美、流畅的系列动作，表现一个意图和选手的技术水平。为了便于判罚和计分，技术套路可分为表演效果和表演内容两个组成部分。

（1）表演效果

表演效果包括（但不局限于）：准确性、控制能力、计时、对间隔的掌握、对风口的利用、复杂性、技术手段以及胆略。

（2）表演内容

表演内容包括（但不局限于）：节拍、节奏、独创性（不一定非常惊人）、创新和变化。

（3）最短和最长比赛时限

比赛时间	个人	双人	团体
最短	1分钟	2分钟	2分钟
最长	3分钟	5分钟	5分钟

（九）芭蕾套路比赛

芭蕾套路比赛的特点是表达对音乐的理解。因此，如表演的主要部分或全部没有音乐的陪伴，那么该表演不得被视为芭蕾套路比赛。

1. 最短和最长比赛时限

比赛时限	个人	双人	团体
最短	2分钟	2分钟	2分钟
最长	4分钟	5分钟	5分钟

2. 音乐

在单项比赛联席会上应对收到的磁带、CD 或其他音乐盘进行试听。音乐应有明确的标识。参赛选手可播放 3 段音乐，但是必须于准备时间结束前 30 秒告诉赛场指挥将使用哪段音乐。如组委会和裁判长批准，也可使用现场演奏的音乐。

在音乐开始之前可用信号提示。该音乐可以是为表演专门创作或改编的或现成的曲子。然而，该音乐必须是一个整体，而不应是几个完全不相同曲子的拼凑。如使用几个不相同的曲子，必须对其进行整合以给人整体的印象。该音乐的结束要自然流畅，不要突然结束,给人以为了迎合时限而进行编纂的感觉。

3. 舞蹈编排

舞蹈编排是表达对所选音乐的理解，是有始有终的表演。音乐与表演之间应有密切的联系。套路要表现出音乐的变化，例如：力度、节拍、节奏、独创性、感情、创新和变化等等。

4. 表演效果

表演效果是对参赛选手放飞能力的测定，是根据参赛选手在放飞时的准确性、控制能力、计时、间隔的掌握、风口的利用以及放飞的复杂性、胆量和套路的难度而进行的评判。

（十）关于风力的细则

1. 风速范围

参赛选手在以下风速条件下可进行放飞：

级别	最小风速		最大风速	
	公里／小时	英里／小时	公里／小时	英里／小时
初级	7.0	4.4	30.0	18.6
高级	4.0	2.5	45.0	28.0

上述风速已经从公里／小时换算成英里／小时，公里制应优先采纳。关于其他技术等级的规定可由相关的执行机构制定。

2. 风力的核准

（1）比赛前的风力核准

在发出口令"in"（开始）前的任何时候，参赛选手可要求核准风力。风力核准正在进行时，参赛选手必须遵守其他有关规则和细则。赛场指挥将用 10 秒钟时间测量风力。如风速低于规定的范围，参赛选手就不必发出口令"in"（开始），同时赛场指挥就会宣布风力暂停。

（2）比赛中的风力核准

达到规定动作比赛技术套路或芭蕾套路比赛的最短比赛时限后，参赛选手可要求核准风力。风力核准进行中，选手仍须进行放飞。赛场指挥将用 10 秒钟的时间测量风力。如风速低于规定的范围，参赛选手可停止放飞，赛场指挥将宣布风力暂停。

（3）风力暂停

一旦宣布风力暂停，主裁判将在条件允许时决定何时和怎样继续比赛。如在合理的时间内不能继续比赛，裁判长将决定推迟或取消比赛。如在同一天内被推迟的比赛仍不能继续，所有参赛选手必须在比赛重新开始时重新放飞。

参赛选手有可能被要求留在比赛场地或等待通知。当比赛重新开始时，根据有关规定，应允许选手们拥有准备时间。

（4）极端天气

如出现极端天气条件（例如弱风或强风、大雨、雷电），有可能导致危险或比赛不公平，裁判长可采取必要的措施。

该措施包括（但不限于）：宣布风力暂停，修改关于风速的规定，取消比赛，扩大比赛场地，减少规定动作或去掉规定动作比赛中的技术套路。

在适当的场合裁判长应该召开一次特殊的情况通报会，向所有的参赛选手、工作人员、裁判员和组委会人员说明情况，以保证所有人均清楚修改过的规则和细则。

（十一）分组赛

如某单项比赛的参赛运动员超过 15 人，则有必要进行分组赛。分组赛中，每组选手不得超过 15 人，每组选手人数应尽量相同。组委会和裁判长决定每组比赛中有多少选手进入决赛，条件是决赛的参赛选手不超过 15 人。在通气会上应向选手宣布上述决定。

（十二）器材

选手可根据单项比赛的规定放飞任何安全的双线和多线风筝。在单项比赛的不同阶段或者风力暂停时，选手们可更换风筝，前提是遵守有关准备时间的规定。断了的线必须更换，不得打结。

（十三）耳机

团体项目比赛和双人项目比赛中选手可使用耳机进行联络，前提是不干扰裁判员、组委会或当地机构使用的通讯系统并遵守当地法律。

（十四）取消比赛资格

任何被取消比赛资格的运动员要尽快离开比赛场地。任何抗议或者讨论都要在单项比赛结束后进行。

（十五）放飞辅助人员

放飞辅助人员是指那些由参赛选手带到比赛场内协助其安放风筝、处理放飞失败、修理器材的人员。个人项目比赛或双人项目比赛最多可带两名放飞辅助人员。团体项目比赛的每位参赛选手均可带一名放飞辅助人员。

如选手需要但无随行放飞辅助人员，可在联席会上为该选手从该单项比赛的其他选手中选择一名辅助人员。如他们届时不能做此项工作，也可指派其他参赛选手作为放飞辅助人员并事先通报该变更的情况。

第二部分
国际运动风筝裁判法

一、简　介

本裁判法旨在明确运动风筝裁判员面临的许多问题，为裁判员提供评判的基本准则。

本裁判法是裁判员参加各种培训和研讨的必备手册，理论必须与实践相结合。

选手们希望裁判员具备较强的理解力和能力。本裁判法不乏更新之处，使判罚标准更加明确；因为只有不断创新和改革，才能保持风筝运动的趣味性和观赏性，才能吸引更多人从事与支持此项运动。

国际规则委员会感谢多年来所有为制定规则提供过帮助的人们。

二、定　义

（一）职责

1. 裁判员行为准则

本部分规定了裁判员应达到以及应努力达到的

标准。由于执裁为主观行为，因此，不同的裁判员的观点不尽相同。

（1）诚实正直

尊重选手，全心全意关注每一个动作，尽你所能打好每一个分数。忘却与选手/风筝制造者/器材提供商的个人或工作关系。

（2）客观

公正地评判每一个动作，而不是顾及个人的音乐品味、对风筝类型的爱好、水平、年龄或选手的性别。

（3）包容

对自己所看到的而不是希望看到的做出评判。

（4）自我批评

当选手需要反馈时，总能以建设性的意见,态度诚实地给予答复。

2. 放飞技术

裁判员不得是参赛选手，但必须理解放飞技术的各个方面，并随时更新自己的知识。

（二）管理细则

1. 裁判组

（1）裁判组成员

①裁判长

比赛中必须设 1 名裁判长。裁判长可担任一个单项比赛的裁判，但不可以是参赛选手。为了保证参赛选手的抗议程序通畅，建议裁判长不要担任主裁判。

裁判长职责如下：

● 监督裁判组成员。

● 管理计分和发布比赛成绩。

● 为每场规定动作比赛选择 3 个规定动作。如有可能，可得到其他裁判员的协助，特别是有关单项比赛的主裁判的帮助。

● 组织竞赛联席会和竞赛情况总结会。

● 根据国际运动风筝规则处理抗议。

● 安排单项比赛的放飞次序。

● 必要时建议取消仲裁机构裁决或代表。

● 决定比赛何时开始和结束。

● 出具总结报告，内容包括：任何有争议的问题，取消资格的决定，抗议和申诉及其结果，参赛选手或他人在总结会上提出的任何问题以及裁判长认为有助于改进将来比赛的事宜。

● 比赛结束 15 天内向赛事组织机构和比赛监督委员会提交上述书面报告，并向出现争议的单项比赛的主裁判发送该报告。

在比赛结束 15 天内将所有单项比赛的成绩送

交赛事批准机构。

②主裁判

每场单项比赛应设 1 名主裁判，其职责如下：

- 组织单项比赛联席会。
- 担任单项比赛的裁判。
- 就单项比赛的程序和组织向裁判组提出要求。
- 根据国际运动风筝规则处理抗议。
- 如有必要和安排，组织单项比赛情况总结会。

③裁判员

除主裁判外，每场单项比赛至少应配备 2 名评分的裁判员。国际比赛要求配备 4 名裁判员，其他比赛最好也如此。

④赛场指挥

赛场指挥拥有组织单项比赛的全部权利和责任。其职责如下：

A. 一般情况

- 收集音乐。
- 保证单项比赛公平和准时进行。
- 保证参赛选手遵守国际运动风筝规则。
- 保证每名参赛选手配备适当数量的放飞辅助人员。
- 防止教练员进行场边指导。

- 出现违背体育道德的情况时采取适当措施。
- 核准风速并执行有关风力的规则。

B. 安全

- 告知选手注意警告旗（黄色）。
- 参赛选手违反安全规则时取消其参赛资格。
- 保证司线员站位准确。
- 检查边界情况（除非配备了足够的司线员）。
- 当参赛选手靠近边界时及时提醒。
- 检查场地情况，保证闲杂人员不进入场地，天空无障碍物。
- 对可能出现的安全问题采取适当措施。

C. 时间

- 保证参赛选手遵守放飞时限的规定。
- 为比赛计时。
- 应参赛选手的要求报时。
- 参赛选手达到最长比赛时限时告知裁判员。
- 参赛选手未达到最短比赛时限时告知裁判员。

D. 协调

- 示意参赛选手进入比赛场地。
- 迎接参赛选手入场。
- 根据参赛选手的技术水平引导选手站位。
- 通知参赛选手有关特殊情况。
- 裁判员就位时通知参赛选手。

- 应参赛选手请求向其示意规定动作。
- 选手发出口令"in"（开始）和"out"（结束）后通知裁判组。
- 提示工作人员放音乐。
- 检查司线员的工作。
- 与赛场协管联络。
- 保证选手及时进场参赛。
- 出现风力暂停或其他影响比赛的情况时，与裁判长、主裁判和其他裁判员联络。
- 应选手请求指引放飞辅助人员。

E. 赛场协管

国际运动风筝规则规定："根据单项比赛的规模和水平决定是否配备赛场协管。"赛场协管在赛场指挥的领导下工作，其职责如下：

- 保证在赛场指挥发出选手可进入放飞区的信号后，选手进入"上场区"做好准备。
- 保证选手尽快将其器材移出"上场区"和"下场区"。
- 保证"上场区"和"下场区"无人员逗留和器材。
- 保证闲杂人员不进入比赛场地，场地上无风筝和其他障碍物。
- 提醒赛场指挥注意安全问题。

●如有安排，根据联席会的精神从现有选手中选派放飞辅助人员。

F. 司线员

建议配备 2 名司线员。司线员在赛场指挥的领导下工作，其职责如下：

●负责检查边界的情况，当选手放飞的风筝出界时示意赛场指挥。信号为出内界举黄旗，出外界举红旗。

●当选手的身体在比赛中移出界外时，向赛场指挥发出信号。信号为出内界举黄旗，出外界举红旗。

●保证闲杂人员不进入比赛场地，场地上无风筝和其他障碍物。

●提醒赛场指挥注意安全问题。

G. 记分员

计分员在裁判长的领导下工作，其职责如下：

●检查计分表以保证其完整和清晰。

●使用批准的计分系统和计分方法。

●综合各裁判计分表上的分数。

●从最后得分中减去因犯规而扣罚的分数。

●排定每场单项比赛的名次。

●根据裁判长的指令张贴成绩公告。

（2）裁判组人员变更

一般情况下，单项比赛中裁判组人员应保持不变。如必须变更，须遵守以下原则：

● 如某一裁判员须离开单项比赛，该裁判员的评分不予计算。如该裁判员为主裁判，应从剩余的裁判员中指定一名新的主裁判。

● 该裁判员离开后应保证至少有 3 名裁判员执裁（包括主裁判）。如该裁判员离开后，裁判组人员不足 3 人，那么，该单项比赛应取消，待裁判组配备整齐后重新开始比赛。

● 如有必要，赛场指挥、司线员和赛场协管可替换。

2. 会议

建议参赛选手出席有关会议。组委会或裁判长可决定参赛选手是否必须出席会议。但须保证参赛选手提前 30 天收到通知。

（1）联席会

①竞赛联席会（由裁判长召集）

裁判长在竞赛联席会上应做如下工作：

● 确认已公布日程的变更情况。

● 强调安全的重要性。

● 确认比赛场地、训练场地和所有边界。

● 确认上场和下场程序。

● 介绍裁判员和其他工作人员。

● 确认处理日程冲突的程序。

● 确认进入监督委员会的运动员和裁判员代表名单。

● 决定放飞辅助人员的选派程序。

● 讨论与比赛有关的问题。

● 确认提出抗议的程序。

● 鼓励参赛选手参加比赛情况总结会。

● 必要时鼓励参赛选手提交自我介绍以供赛事广播之用。

● 确认比赛期间参赛选手的联系人以及张贴通知和成绩公告的地点。

②单项比赛联席会（主裁判召集）

在单项比赛联席会上，主裁判应做如下工作：

● 介绍裁判员、赛场指挥、司线员和赛场协管员。

● 点名并宣布放飞次序。

● 保证赛场指挥已经收集好芭蕾套路比赛的音乐。

● 确认司线员的站位。

● 确认上场和下场的程序。

● 确认放飞辅助人员的配备。

● 宣布规定动作比赛中的规定动作。

● 如有必要，为广播员收集参赛选手情况介绍。

（2）总结会

①比赛情况总结会（由裁判长召集）

比赛结束后裁判长应尽快召集比赛情况总结会。组委会和裁判长有权决定颁奖仪式和宣布成绩仪式是否优先于总结会举行。总结会为选手们提供了反馈意见的机会以保证今后的比赛有所改进，使裁判长和主裁判有机会对整个比赛和各个单项比赛做出评价。所有反馈意见应包括在裁判长的书面报告里。

如果是由多个组织举办的国际比赛，反馈应送达国际运动风筝规则委员会。

总结会结束后，选手们应有机会与执裁的裁判员进行切磋，使选手们有机会获得关于自己比赛的重要情况的反馈意见。

②单项比赛情况总结会（由主裁判召集）

主裁判应根据选手或裁判员的要求召集单项比赛情况总结会。

主裁判应将反馈意见转交裁判长以便比赛情况总结会上使用。

单项比赛情况总结会的目的是：

• 说明比赛中的特殊情况，例如风力暂停或取消资格等。

• 回答参赛选手们关于成绩的提问。

• 使工作人员或裁判员有机会向参赛选手们提

出建设性意见。

- 接受关于如何改进或者提高效率的建议。

（三）风力暂停程序

一旦单项比赛中出现风力暂停，主裁判必须等待条件具备时，按照宣布风力暂停时的放飞次序继续比赛。

如在一定时限内仍不具备比赛条件，主裁判必须与裁判长、必要时与监督委员会商议决定采取何种行动。决定的依据为国际运动风筝规则中有关风力的细则。在决定采取行动时，裁判员必须保证所有选手均得到公平对待。

（四）取消资格

1. 一般情况

裁判员如取消参赛选手的比赛资格，应将一份书面报告送达该选手和赛事批准机构。如该参赛选手提出申诉，有关裁判员必须向其本人和赛事批准机构送交一份书面报告。

取消比赛资格仅对参赛选手的本场比赛产生影响，例如，即使团体比赛被取消，参赛选手们仍可参加个人项目的比赛。

被取消比赛资格的参赛选手应尽快离开比赛场

地。任何申诉和讨论应在该单项比赛结束后进行。

2. 犯规情形

裁判员应对违反规则的行为尽快做出决定。

（1）违背体育道德的行为

如选手有违背体育道德的行为发生，该参赛选手将被取消本次单项比赛资格。如上述行为重复发生或出现暴力，将被取消整个比赛的资格。

（2）在单项比赛中接受场外指导

在单项比赛中，参赛选手如接受场外其他人而不是赛场指挥的指导，记分员将从该参赛选手的最后得分中减去 10 分。

在场地边指手画脚或者起哄是违背体育道德的行为。重复该行为或情节严重者将被取消比赛资格。

（3）风筝出界或身体出界

将风筝放飞出界外的参赛选手将被取消正在进行中的、即将进行的和已经结束的单项比赛的资格。根据主裁判的决定，该规则自始至终应用于单项比赛。在比赛中，如参赛选手身体的任何部分移出界外，该参赛选手将被取消比赛资格。

三、评分基本办法

每位裁判员必须根据得分要素给出 0~100 分，

以反映其对比赛的评判。计算机打分可精确到小数点。这些分数用来确定单项比赛的名次。

得分要能反映参赛选手技术水平。所有参赛选手应能根据其得分相互之间进行技术能力比较。

（一）评分程序

1. 裁判员

（1）站位

裁判员通常位于参赛选手身后以免影响他们或赛场指挥。因此，裁判员需随选手移动。

（2）条件

千变万化的风力和天气情况不应影响裁判员的执裁。例如，在恶劣的天气条件下裁判员评分的尺度不能放松，即裁判员应根据标准和所看到的进行评分。

（3）材料

主裁判应持最新的国际运动风筝规则和必要的授权文件上场。

计分表应包括以下内容：

- 比赛
- 日期
- 单项比赛名称
- 分组表

- 比赛级别
- 裁判员姓名（证件号码）
- 选手的比赛次序
- 选手的姓名和证件号码
- 各得分要素的原始得分
- 不当结束的判罚
- 其他判罚
- 注释

2. 计分

（1）一般程序

裁判员在计分表上做记录并评分。除应由记分员从最后得分中扣罚的分数，其他犯规扣分由裁判员确定，并清楚地在计分表上标明，以便记分时使用。裁判员的计分表由记分员统一收取并统计得分，排定名次。

（2）个人得分的计算

每位裁判员为每个选手的得分要素评分后汇总，根据规定动作比赛的评分办法和芭蕾套路比赛的评分办法确定该选手得分，并依据该分数排定该选手在本次单项比赛中的名次。确定选手的最后得分应统计单项比赛中所有裁判员（见习裁判员除外）的评分。如赛事批准机构正式确认了某种计分系统或办法，那么，在所有该机构批准的赛事中必须使用该系统办法计分。对所有信息录入和计算结果必须进行两次核对。

（3）从最后得分中扣分

有些犯规将导致从整场比赛的最后得分中扣分。裁判员会在计分表上清楚地标明这些犯规。扣分时，记分员先以正常方式将选手所得分数相加，然后扣除上述处罚分，算出最后得分。选手有可能多次出现从最后得分中被扣分的处罚。

犯规	扣分
接受场外指导	从最后得分中扣除 10 分
音乐标识或指示错误	从最后得分中扣除 10 分

（4）各单项比赛成绩汇总

汇总各单项比赛成绩的方法是将各单项比赛的分数相加，再除以单项比赛的数量。

（5）公布成绩

各单项比赛和各级别比赛的成绩应与参赛选手的姓名一起公布。赛事批准机构有权决定是否公布裁判员姓名。在国际比赛中，裁判员的姓名应予公布。

在单项比赛总结会上，参赛选手可与裁判员讨论他们的比赛情况和得分。

（二）得分要素释义

1. 复杂性

通常，舞蹈套路中的错误或临时拼凑动作的情况越少，即舞蹈编排要素之间的间隔越短，那么该套路越复杂。

2. 连续性

指各独立要素之间的连贯以组成一个整体。

3. 规定动作

指规定动作比赛中必须要表演的动作。本书已在规定动作手册中说明和描述了这些动作。

4. 控制能力

指操纵风筝朝选手希望的方向飞行的能力，包括操纵风筝向前飞行、反向飞行、横向飞行的能力（包括风筝的飞行速度），保持和改变风筝飞行水平面以及保持动作精确度的能力。在多线风筝比赛中，选手应展示其操纵多线的能力。

5. 创造性

指发挥想象，在比赛中做出以前无人做过的飞行动作。

6. 节奏

指风筝动作与动作的变化，以展示不同动作有规律的重复和变换，速度的调整，停顿等。

7. 技术难度

是反映参赛选手对高难度动作和技巧的把握运用。

注：参赛队选手数量的多少并不直接影响技术难度。

8. 时机把握能力

指对动作间隔的把握。对个人项目来说是指有规律的间隔，对双人或团体比赛来说是指连续表演一个特定动作。

9. 运用风口的能力

指在有限的条件下，充分运用场地保证风筝正常飞行的能力。

四、规定动作比赛的评分办法

（一）一般描述

每个单项比赛均由三个规定动作和一个技术套路组成。技术套路又分成表演效果和组成要素两个部分。

（二）得分要素

规定动作和技术套路根据如下标准进行评判：

1. 规定动作（共 3 个，每个动作占规定动作

比赛分数的 20%，共计 60%）

• 每个规定动作有 2 个重点评判的要素，每个要素必须占该规定动作比赛成绩的 30%。目的是引起参赛选手和裁判员对规定动作某些方面的重视并鼓励参赛选手按描述的动作准确操纵风筝。一个要素只是整个规定动作的一部分，因此，即使表演效果不好，也不会导致整个规定动作得零分。

• 依参赛选手描述的动作比较实际操纵放飞的动作

• 规定动作比赛位置的选择，要素的安排，速度的控制以及国际运动风筝规则中规定动作的其他方面。

2. 技术套路（占规定动作比赛分数的 40%）

（1）表演效果（占技术套路得分的 75%，规定动作比赛分数的 30%）

• 考虑控制能力、复杂性和运用风口的能力。

• 考虑技巧的质量。

• 多线风筝要考虑多线的效果。

• 双人赛和团体赛中，对时机的把握和间隔的控制很重要。

（2）组成要素（占技术套路的 25%，规定动作比赛分数的 10%）

• 看复杂性,独创性,节奏,创新能力和连续性。

●考虑技巧的运用是否恰当。

五、芭蕾套路比赛的评分办法

（一）一般描述

芭蕾套路是指选手根据所选音乐进行的自由表演。

（二）得分要素

1. 舞蹈编排（占芭蕾套路比赛分数的 60%）

●对音乐的理解十分重要。

●考虑连贯性，创新能力，复杂性和节奏。

2. 表演效果（占芭蕾套路比赛分数的 40%）

●考虑控制能力，运用风口的能力，技术难度和节奏。

●在双人赛和团体赛中，考虑把握时机和间隔的能力。

六、罚分办法

（一）芭蕾套路比赛和规定动作比赛技术套路的罚分办法

本部分规定对某些要素进行强制性和选择性罚分。

1. 不当开始和结束

在执行前需得到裁判组的一致同意。

（1）错过预备时间

如选手在规定的预备时间内未能开始比赛而赛场指挥已经发出口令"in"（开始）强制开始，那么将从芭蕾套路比赛的舞蹈编排分数中扣除 10 分或者从规定动作比赛的得分要素中扣除 10 分。

（2）未达到或超过单项比赛的时限

①未达到最短放飞时限

如放飞未达到最短放飞时限将被视作风筝未起飞，得零分。

②超过最长放飞时限

如表演超过最长放飞时限，裁判员只为该时限内的表演打分，而不会考虑时限以外的动作。此种情况要从芭蕾套路比赛的舞蹈编排分中或规定动作比赛的技术套路得分中扣除 10 分。

（3）开始和结束动作不清晰

技术套路和芭蕾套路分为（一个）开始动作，中间部分和（一个）结束动作。如套路缺乏清晰的开始和结束动作，要从芭蕾套路比赛的舞蹈编排分中或规定动作比赛的技术套路得分中扣除 10 分。

2. 意外接触（钩住）和碰撞

意外接触（钩住）和碰撞不再被视作犯规。

裁判员在打分时应注意观察意外接触（钩住）和碰撞的程度，可在评分时给予考虑。

（二）规定动作比赛的特别罚分规定

1. 动作错误

如选手所做的动作与描述的不同，裁判员则给该选手的规定动作记零分。除非赛前报告，动作错误还包括放飞方向与所描述的不同。

2. 忽略口令"in"（开始）和"out"（结束）

如选手在技术套路或规定动作中没有发出口令"in"（开始）和"out"（结束），该得分要素计零分。

3. 错过预备时间

如选手未能在指定的预备时间内开始规定动作的表演，该动作记零分。下一个动作或技术套路的放飞时限随即开始。

（三）芭蕾套路比赛音乐的准备

如主裁判认为音乐未被清楚地标识，则会在裁判员计分表上记一次音乐犯规，记分员则会从最后得分中减去 10 分。

附录一： 计分表式样

<table>
<tr><td colspan="2">双线个人芭蕾套路比赛</td><td>地点</td><td colspan="2">日期</td><td>主裁判</td></tr>
<tr><td>证件号</td><td>选手姓名</td><td>证件号</td><td colspan="2">裁判员姓名</td><td></td></tr>
<tr><td rowspan="17">芭蕾套路比赛</td><td rowspan="9">放飞效果</td><td>控制能力</td><td>差 良 优</td><td colspan="2">注：</td><td></td></tr>
<tr><td>音乐放飞效果</td><td>差 良 优</td><td colspan="2" rowspan="8">原始得分
0—100</td></tr>
<tr><td>直线</td><td>差 良 优</td></tr>
<tr><td>弧线</td><td>差 良 优</td></tr>
<tr><td>转弯</td><td>差 良 优</td></tr>
<tr><td>留空，滑行和着陆</td><td>差 良 优</td></tr>
<tr><td>速度控制</td><td>差 良 优</td></tr>
<tr><td>技巧质量</td><td>差 良 优</td></tr>
<tr><td>把握时机和间隔的精确程度</td><td>差 良 优</td></tr>
<tr><td rowspan="8">舞蹈编排</td><td>理解力</td><td>差 良 优</td><td colspan="2">注：</td></tr>
<tr><td>复杂性</td><td>差 良 优</td><td colspan="2">原始得分
0—100</td></tr>
<tr><td>音乐的运用及动感</td><td>差 良 优</td><td colspan="2"></td></tr>
<tr><td>技巧的使用</td><td>差 良 优</td><td colspan="2">最长时限
×-10</td></tr>
<tr><td>节奏变化</td><td>差 良 优</td><td colspan="2"></td></tr>
<tr><td>风口的运用</td><td>差 良 优</td><td colspan="2">不当开始
/结束
×-10</td></tr>
<tr><td>时机把握的技巧</td><td>差 良 优</td><td colspan="2"></td></tr>
<tr><td>把握间隔的技巧</td><td>差 良 优</td><td colspan="2">放飞时限
×-10</td></tr>
<tr><td colspan="6">罚分</td></tr>
<tr><td colspan="6">单项比赛中接受场边的指导（×）-10　违背体育道德的行为（×）取消资格
未清楚标识音乐（×）-10　放飞或身体出界（×）取消资格
未达到最短时限（×）0</td></tr>
</table>

多线风筝个人规定动作比赛　　　　地点　　　日期

证件号	选手姓名	证件号	裁判员姓名	计分方法	主裁判	

规定动作				得分要素 1	
				得分要素 2	
				其他	
				得分要素 1	
				得分要素 2	
				其他	
				得分要素 1	
				得分要素 2	
				其他	

表演效果	控制能力	差 良 优	注:	原始得分
	运用风口的能力	差 良 优		
	把握时机的能力	差 良 优		
	把握间隔的能力	差 良 优		
	技巧质量	差 良 优		
得分要素	复杂性	差 良 优	注:	原始得分
	连贯性	差 良 优		
	技术难度	差 良 优		最大时限
	着陆，留空，滑行	差 良 优		不当开始/结束
	操纵放飞线的技巧	差 良 优		放飞时限

规定动作判罚	技术套路判罚
单项比赛中接受场边指导（　）—10	少于最短时限（　）0
违背体育道德的行为（　）取消资格	忽略开始或结束口令（　）0
放飞或身体出界（　）取消资格	

附录二:

评分标准表

赛场指挥的评分标准

根据国际运动风筝裁判法

索引	裁判员评分依据
38 页	在预备时间内未能开始放飞
38 页	在规定的时间内未能开始下一个规定动作或技术套路
38 页	芭蕾套路比赛或规定动作比赛技术套路未达到最短时限
38 页	芭蕾套路比赛或规定动作比赛技术套路超过最长时限
7 页	比赛中接受场外指导
5 页	放飞或身体出界

根据国际运动风筝规则

索引	时限	个人赛	双人赛	团体赛
12 页	单项比赛间隔	3 分钟	4 分钟	5 分钟
12 页	规定动作之间间隔	45 秒	45 秒	45 秒
12 页	规定动作与技术套路之间间隔	90 秒	90 秒	90 秒
13 页	规定动作比赛技术套路比赛时限	1~3 分钟	2~5 分钟	2~5 分钟
14 页	芭蕾套路比赛时限	2~4 分钟	2~5 分钟	2~5 分钟

根据国际运动风筝规则

索引	风力细则	个人赛	双人赛	团体赛
16页	申请核准风力（达到最短放飞时限后）	芭蕾套路比赛：2分钟规定动作比赛技术套路：1分钟	芭蕾套路比赛和规定动作比赛技术套路：2分钟	芭蕾套路比赛和规定动作比赛技术套路：2分钟
15页	10秒后风力核准	初级比赛和训练：7~30公里/小时（4.4~18.6英里/小时）	其他：4~45公里/小时（2.5~28.0英里/小时）	

根据国际运动风筝规则

索引	放飞辅助人员	个人赛	双人赛	团体赛
18页	人数限制	2人	2人	每个参赛选手1人

裁判员判分标准

| 犯规 | 规定动作比赛 | | | | | 芭蕾套路比赛 | | | 索引 | |
	规定动作	技术要素	放飞效果	技术套路	规定动作比赛总分	放飞效果	舞蹈编排	芭蕾套路比赛总分	规则页码	段落索引
违反时限规定	0								P39	
少于最短时限		-10					-10		P39	
超过最长时限				0				0	P38	
开始或结束不清晰		-10					-10		P38	
动作错误		-10					-10		P38	
忽略口令开始/结束	0			0					P39	
芭蕾音乐准备不当								-10	P39	
接受场边指导					-10			-10	P7	
违背体育道德行为					DQ			DQ	P30	
越界					DQ			DQ	P5	

注：DQ——取消资格

附录三:

抗议书式样

比赛名称:　　　　　地点:　　　　　日期:

选手姓名(个人赛,双人赛或团体赛):

抗议的单项比赛名称:

参照规则:

具体情况说明:

采取措施:

附录四：

裁判长总结报告式样

比赛名称：　　　　　地点：　　　　　日期：

批准机构：

裁判长姓名：

组委会：

参赛选手数量（分级别和单项）：

天气条件：

观众数量及反映：

吸收的新选手：

关于比赛的一般说明（包括困难、效率）：

抗议记录及处理结果：

总结会上选手的建议：

第三部分
国际运动风筝规定动作手册

一、风口和规定动作坐标

（一）风口

风口指风筝在固定的放飞者前方以任何角度达到最大高度时划出的半圆平面。风口的大小取决于场地、放飞线的长度、风速、放飞技巧以及风筝的特点。

（二）风口中心

风口中心指放飞者下风处（水平中心）和风口中点（垂直中心）交叉处。

（三）规定动作坐标

为方便参赛选手准确完成规定动作，我们为每个规定动作设立一个坐标，以确定其动作大小、形状和位置。规定动作均画在一个 100 个单位高、

200 个单位宽的坐标上（风口水平中心点两侧各 100 个单位）。坐标单位的大小取决于放飞线的长度。每 10 个坐标单位约为 3 米。

二、图 表

图表规定了每个规定动作在坐标中的大小、形状和位置。

如团体参赛选手人数少于图表中的风筝数，按如下方式参加比赛：

- 根据数字顺序，按 1-2-3 的顺序分配图表中的风筝。
- 平均分配风筝位置，以第一只和最后一只风筝为基础，均匀分配其他风筝。

如团体参赛选手人数多于图表中的风筝数，则平均分配所有风筝，即以图表中位于中间位置的风筝为中心平均向两侧安排其他风筝。

三、得分要素及其他

（一）得分要素

每个规定动作均有 2 个重点评判的得分要素。每个要素占该动作得分的 30%。此种评分办法是使参赛选手和裁判员重视规定动作的得分要素并鼓励

选手准确做出所描述的动作。一个得分要素只是整
个规定动作的一部分，因此，即使放飞效果差，该
动作的最后得分也不会为零分。

（二）说明

必要时应提供得分要素的说明、关于规定动作
及其评分的说明以及该动作包括的要素名称，但不
要求描述规定动作的细节。

（三）速写符号

〈　数字前缀，表示坐标水平中心左侧的某个位
置

〉数字前缀，表示坐标水平中心右侧的某个位
置

〈　0　〉表示坐标的水平中心

∧　数字前缀，表示坐标底部以上的某个位置

四、术　　语

（一）坐标中的位置

指整个规定动作在坐标中的位置。参赛选手均
希望其动作能与坐标图表所示相吻合，但不允许改
变动作在风口中的位置和大小。

（二）相对位置

指规定动作各要素部分的关系。例如，图表中两个方形的顶部可能是在相同水平上或者一个比另一个高。对称是规定动作各要素间相对位置的一个重要方面。

（三）转弯

指飞行方向的明显改变。如改变方向不是为了转弯，那么就是弧线或曲线飞行。

（四）线条

1. 水平线
指与地平线平行飞行。
2. 垂直线
指垂直于地平线飞行。
3. 平行线
指两者间的距离和延长线相等。

（五）起飞

指风筝从静止状态到飞行状态的过渡。起飞过程中对风筝的控制以及飞行的稳定性是起飞的重要方面。

（六）着陆

着陆是指控制风筝停止飞行并接触地面。坠毁不是着陆。除非另有规定，着陆方式不限。

1. 前缘着陆

是指操纵风筝停止飞行并使其某一前缘全部接触地面。

2. 两点着陆

是指操纵三角形风筝使其两翼翼尖同时着陆。如风筝只有一个前缘部分，两点着陆则是指其尾缘部分着陆。

两点着陆举例：

①仰面着陆

是指操纵风筝仰面留空并着陆。

②留空着陆

是指操纵风筝在接近地面时留空，并直接着陆。

③旋转着陆

是指操纵风筝在接近地面时旋转一圈或半圈并着陆。

3. 腹部着陆

是指操纵风筝，使其鼻子向着参赛选手相反的方向腹部着陆。

（七）弧线飞行

是指操纵风筝沿着圆周飞行。弧线飞行不同于曲线飞行，曲线没有固定的半径。

（八）地面飞行

是指操纵风筝接近地面水平飞行。翼尖与地面的最大高度不得超过两翼之间距离的 1/2。小于上述距离既不奖励也不罚分。如地面不是水平的，从地面的最高点计算。

（九）鼻子

鼻子是指向前飞行中风筝的最前端。如为三角风筝，则是指两条边线的交点。如风筝只有一个边线，那么该边线即为鼻子。

（十）留空

指风筝做明显的、短暂的停留。

1. 一般留空

指风筝停留，方向不变。

2. 仰面留空

指使风筝停留并且鼻子朝上。

（十一）轴转

指风筝腹部与地面平行做 360°旋转，轴转时风筝的鼻子始终指向放飞者。

（十二）速度控制

在个人规定动作比赛中指整个动作保持一定速度不变。

在双人和团体规定动作比赛中，指以速度的相对改变而进行的编队，速度控制是所有规定动作比赛中须考虑的重要因素。

（十三）间隔

指在双人规定动作比赛和团体赛中，风筝间保持的统一距离。在规定动作中，该距离可能有所调整，但必须一致。

（十四）圆形

圆形是一条连续的弧线，起点即为终点。

（十五）多线风筝

1. 对角线飞行

指风筝沿对角线直线飞行，中间方向不变。

2. 倒立飞行

指风筝鼻子朝下向任何方向飞行。

3. 倒退飞行

指风筝飞行的方向与鼻子所指方向相反。如鼻子朝下，即为倒立飞行。

4. 向前飞行

指风筝朝着鼻子所指的方向飞行。

5. 旋转飞行

指风筝以自身的某个部分为中心旋转。最常见的是以风筝的中心部位或是某个翼尖为中心。除非另有规定，旋转中心不得移动。

6. 滑行

（1）水平滑行

指风筝水平方向穿过风口，鼻子朝上。

（2）垂直滑行

指风筝垂直穿过风口，鼻子朝左或右侧。

（3）倒立滑行

指风筝水平方向穿过风口，鼻子朝下。

五、规定动作图形

（一）双线个人规定动作图形

DI01– 圆形

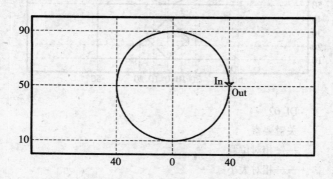

DI 01

关键要素

——圆形

——速度控制

其他

——在坐标中的位置

——在同一位置"开始"和"结束"

DI02– 圆和钻石

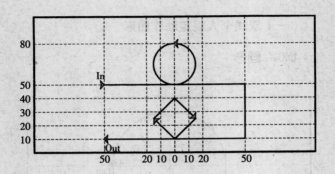

DI 02

关键要素

——相对位置

——相对大小

说明

——圆形位于钻石形正上方。

——圆形的直径与钻石形的高和宽相同。

其他

——平行线

——角度

——速度控制

DI03- 长方形和圆

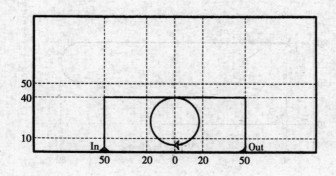

DI 03

关键要素

——直线

——在坐标中的位置

说明

——着陆方式必须为前缘着陆

其他

——直角

——速度控制

——圆形

DI04— 反 S 形

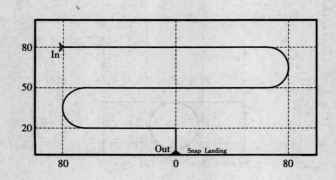

DI 04

关键要素

——平行线

——两点着陆

说明

——着陆动作快并在接近地面时操作

——左边向下的弧形在"开始"位置的下端

——着陆点位于图形和坐标的正中间

其他

——弧形

——直角

——动作的相对位置

——动作的相对大小

DI05— 跳跃形

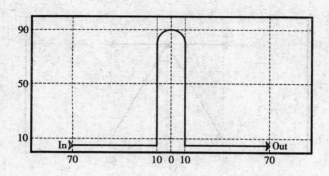

DI 05

关键要素

——直角

——弧形

其他

——直线

——在坐标中的位置

——速度控制

DI06– 金字塔形

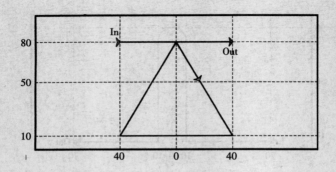

DI 06

关键要素

——在坐标中的位置

——动作的相对大小

说明

——三角形底部的两个角相等

其他

——"开始"和"结束"水平线的相对位置

——直角

——速度控制

DI07– 八角形

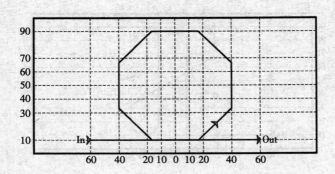

DI 07

关键要素

——在坐标中的位置

——动作的相对大小

说明

——所有角度相等

其他

——速度控制

——"开始"和"结束"水平线的相对位置

——平行线

DI08- 绕 8 形

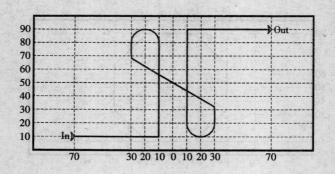

DI 08

关键要素

——动作的相对位置

——速度控制

说明

——对角线如图所示

其他

——在坐标中的位置

——直线

——弧形

DI09-P形连续留空

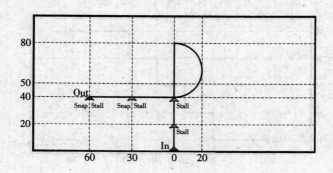

DI 09

关键要素

——留空

——速度控制

说明

——在垂直线上做两个一般留空

——在水平线上做两个仰面留空

其他

——起飞

——动作的相对位置

——直线

——在坐标中的位置

DI10- 阶梯形

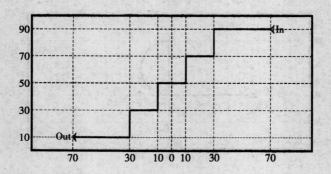

DI 10

关键要素

——水平线

——垂直线

其他

——在坐标中的位置

——动作的相对大小

——速度控制

DI11- 弓箭形

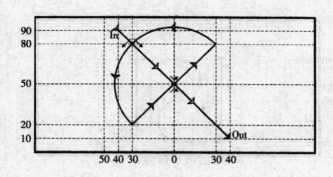

DI 11

关键要素

——动作的相对位置

——弧形

其他

——90°转弯

——在坐标中的位置

DI12-LSI 形

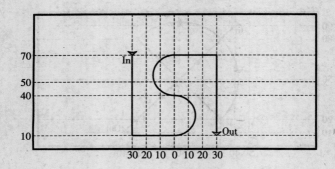

DI 12

关键要素

——弧形

——动作的相对位置

其他

——线

——90°转弯

（二）双线双人规定动作图形

DP01- 圆形

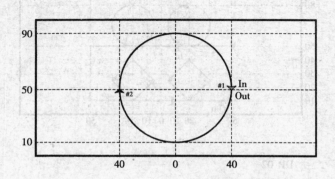

DP 01

关键要素

——圆形

——速度控制

说明

——每个风筝都要飞一个整圆

其他

——在坐标中的位置

——"开始"和"结束"的位置相同

DP02- 圆和钻石

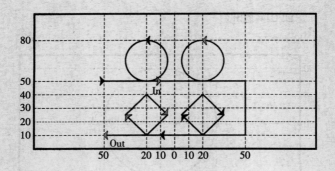

DP 02

关键要素

——动作的相对位置

——动作的相对大小

说明

——双圆位于双钻石的正上方

——双圆的直径与双钻石的高和宽相等

其他

——平行线

——角度

——速度控制

DP03- 长方形和圆

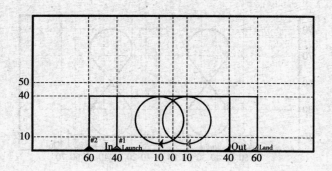

DP 03

关键要素

——垂直线

——在坐标中的位置

说明

——着陆方式为前缘着陆

其他

——直角

——速度控制

——圆形

DP04-8 字形

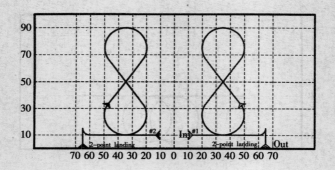

DP 04

关键要素

——动作的相对位置

——着陆

说明

——两点着陆

其他

——在坐标中的位置

——平行线

——直线

DP05–H 形

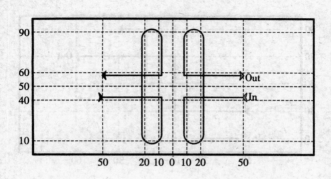

DP 05

关键要素

——平行线

——动作的相对位置

其他

——间隔把握

——在坐标中的位置

——弧形

DP06- 阶梯形

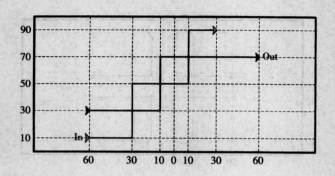

DP 06

关键要素

——时间把握

——平行线

其他

——速度控制

——直角

DP07-悬崖形

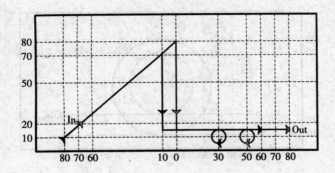

DP 07

关键要素

——速度控制

——间隔把握

其他

——时间把握

——圆形

——直线

——角度

DP08- 相圆形

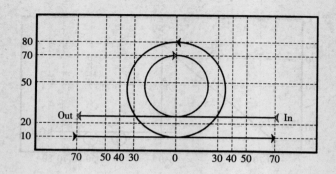

DP 08

关键要素

——圆形

——速度控制

其他

——时间把握

——动作的相对位置

DP09-P形连续留空

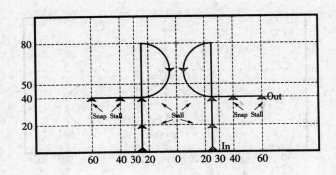

DP 09

关键要素

——留空

——速度控制

说明

——在垂直线上做两个一般留空

——在水平线上做两个仰面留空

其他

——起飞

——动作的相对位置

——直线

——在坐标中的位置

DP10– 直线和弧形

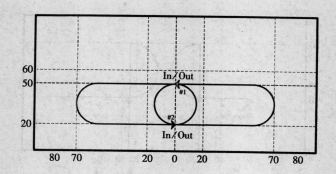

DP 10

关键要素

——弧形

——线

说明

——风筝均沿水平线飞行，然后弧形飞行；重复上述
飞行路线

其他要素

——动作把握的相对位置

——间隔

——速度控制

DP11- 阶梯形

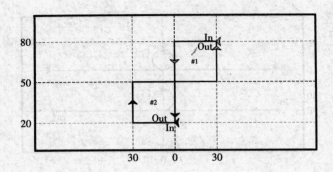

DP 11

关键要素

——直角转弯

——时间把握

其他

——动作的相对大小

——动作的相对位置

——直线

DP12- 线圈

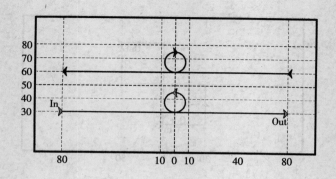

DP 12

关键要素

——线

——动作的相对位置

其他

——时间把握

——在坐标中的位置

（三）双线团体规定动作图形

DT01- 交错阶梯

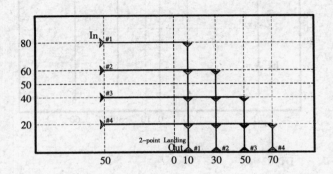

DT 01

关键要素

——动作的相对位置

——速度控制

说明

——如果参赛的风筝比图示的少，按数字顺序选择放

飞风筝

其他

——直线

——着陆

DT02– 追逐方形

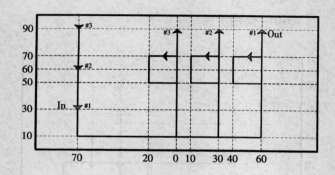

DT 02

关键要素

——平行线

——直角

其他

——动作的相对位置

——时间把握

DT03– 发卡形

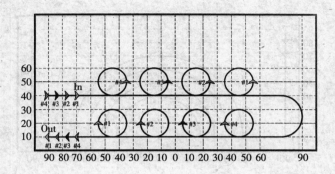

DT 03

关键要素

——圆形

——间隔把握

其他

——在坐标中的位置

——动作的相对位置

DT04– 彩虹

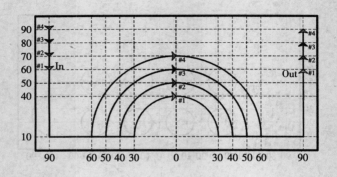

DT 04

关键要素

——速度控制

——弧形

其他

——动作的相对位置

——在坐标中的位置

——时间把握

DT05- 错位长方形

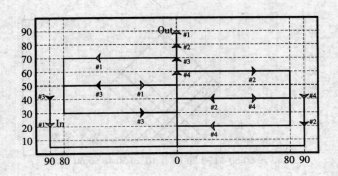

DT 05

关键要素

——时间把握

——动作的相对位置

说明

——从外侧向下转向中心做地面飞行

——进入中线转向风口中间

——分别向左、向右做长方形造型，然后在中线汇合

——如参赛风筝比图示的少，则按数字顺序选择放飞
风筝

其他

——地面飞行

——平行线

DT06- 钻石造形

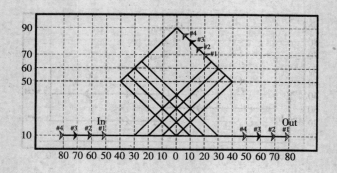

DT 06

关键要素

——速度控制

——间隔把握

其他

——时间把握

——直角

——平行线

DT07– 钻石编队

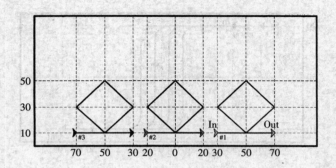

DT 07

关键要素

——时间把握

——动作的相对位置

说明

——如参赛风筝比图示多，方形可增加

其他要素

——间隔

——直角

DT08– 瀑布形

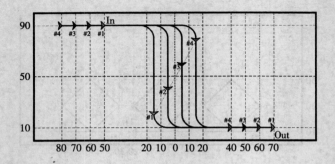

DT 08

关键要素

——速度控制

——在坐标中的位置

说明

——从水平飞行圆滑过渡至垂直飞行，再圆滑过渡至水平飞行

其他

——间隔把握

——平行线

DT09– 垂直线圈

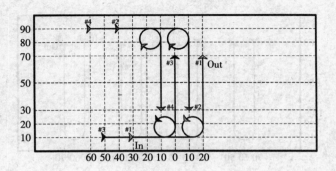

DT 09

关键要素

——圆形

——动作的相对位置

说明

——如参赛风筝比图示的多或少，按数字顺序加减放

飞风筝

其他

——速度控制

——在坐标中的位置

——平行线

DT10– 空竹形

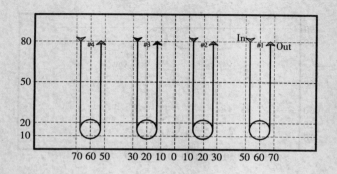

DT 10

关键要素

——时间把握

——弧形

说明

——在整个造型中风筝同步飞行

其他

——线

——动作的相对位置

DT11-娱乐形

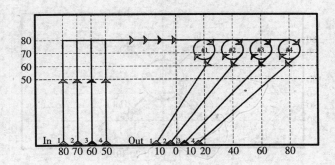

DT 11

关键要素

——时间把握

——着陆

说明

——整个造型风筝均在一个水平线上

——着陆为两点着陆，按顺时针方向进入

其他

——线

——转弯

——弧形

DT12– 阳光射线

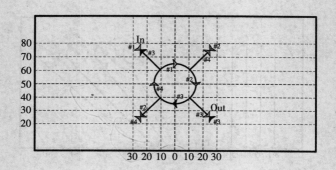

DT 12

关键要素

——速度控制

——时间把握

说明

——1 号在对角 3 号进入的位置出，2 号在对角 4 号进入的位置出

——进入圆形飞行轨迹的间隔距离相等。

其他

——圆形

（四）多线个人规定动作图形

MI01- 爬梯式

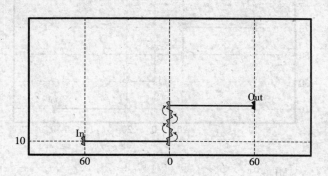

MI 01

关键要素

——旋转

——在坐标中的位置

说明

——风筝依次绕翼尖侧旋上升

——第一个侧旋为逆时针方向，第二个为顺时针方向，第三个为逆时针方向，第四个为顺时针方向

——每次侧旋上升的高度等于风筝的宽度。每次侧旋后风筝在垂直线上的位置和旋转前的水平线位置不固定

其他

——动作的相对位置

——平行线

MI02- 阶梯式下降

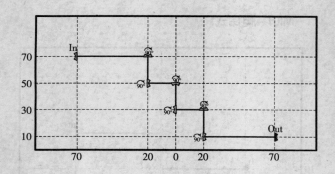

MI 02

关键要素

——动作的相对位置

——旋转

说明

——做阶梯下降时风筝绕中线沿顺时针方向 90°旋转

其他

——直线

——在坐标中的位置

——倒退飞行

MI03– 直角 2 字

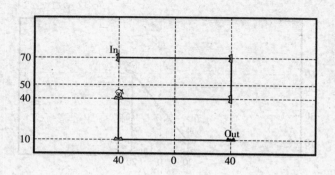

MI 03
关键要素
——平行线
——倒立飞行
其他
——绕中线旋转
——速度控制

MI04- 山峰形

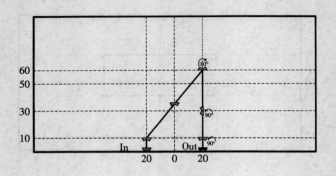

MI 04

关键要素

——沿对角线飞行

——动作的相对位置

说明

——第一个旋转为 180°顺时针方向

——第二和第三个旋转为 90°逆时针方向

其他

——起飞

——着陆

——风筝绕自身中线旋转

MI05– 拱形套圆

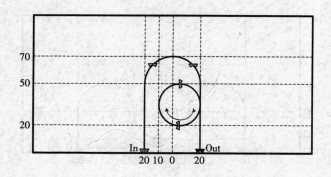

MI 05

关键要素

——圆形

——倒退飞行

其他

——弧形

——起飞

——着陆

MI06— 驼峰形

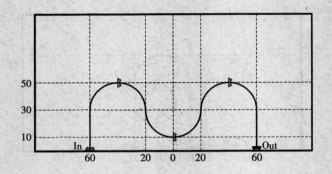

MI 06

关键要素

——弧形

——倒退飞行

其他

——速度控制

——起飞

——着陆

——直线

MI07– 垂直旋转

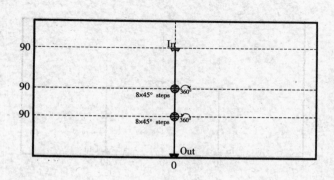

MI 07

关键要素

——绕中线旋转

——直线

说明

——每个 360°旋转分 8 次完成，每次 45°

——第一个旋转为顺时针方向

——第二个旋转为逆时针方向

其他

——速度控制

MI08– 振动形

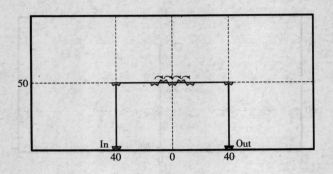

MI 08

关键要素

——绕翼尖侧旋

——直线

说明

——所有绕翼尖侧旋动作均为顺时针方向

其他

——在坐标中的位置

——动作的相对位置

——速度控制

MI09-Z 字形

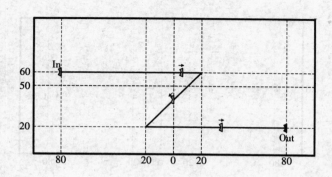

MI 09

关键要素

——沿对角线飞行

——水平线

其他

——速度控制

——在坐标中的位置

MI10- 水平旋转

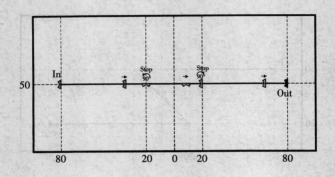

MI 10

关键要素

——水平线

——滑行

其他

——停顿旋转

——在坐标中的位置

MI11- 长方形旋转

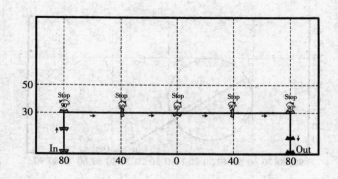

MI 11

关键要素

——旋转（注意清晰的停顿）

——水平线

说明

——动作包括飞行、停顿和旋转。停顿动作须清晰

——第一个旋转为逆时针方向，其他旋转为顺时针方向

其他

——倒立滑行

——倒退飞行

——滑行

——向前飞行

MI12- 圆形射线

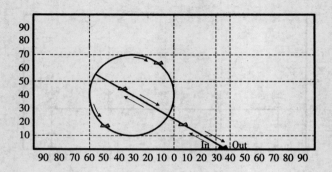

MI 12

关键要素

——沿对角线飞行

——倒立飞行

说明

——风筝须绕圆一周，方向不限

其他

——在坐标中的位置

——圆形

（五）多线双人规定动作图形

MP01- 雪人

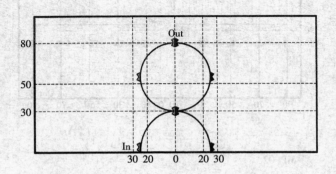

MP 01

关键要素

——动作的相对位置

——速度控制

其他

——在坐标中的位置

——间隔把握

MP02- 长方形旋转

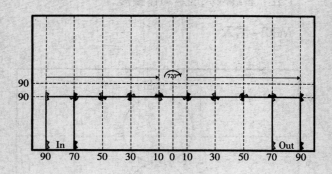

MP 02

关键要素

——绕自身中线旋转

——时间把握

说明

——风筝在经过中线时同时做720°旋转

——所有旋转为顺时针方向

其他

——在坐标中的位置

——速度控制

——直线

MP03- 波浪形

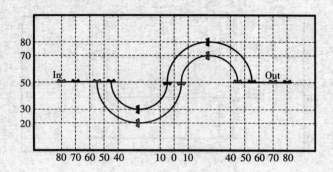

MP 03

关键要素

——弧形

——间隔把握

其他

——倒立飞行

——在坐标中的位置

——速度控制

MP04- 直角 2 字

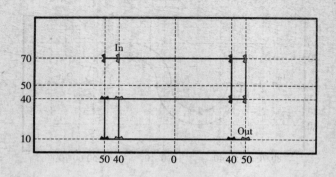

MP 04

关键要素

——速度控制

——间隔把握

说明

——顺时针方向旋转 90°

其他

——在坐标中的位置

——直线

——风筝绕自身中线旋转

MP05- 拱形

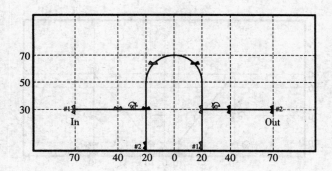

MP 05

关键要素

——弧形

——间隔把握

说明

——1 号和 2 号风筝分别在 40°和 20°的位置同时顺时针方向旋转 90°

——1 号和 2 号风筝分别在 20°和 40°的位置同时按逆时针方向旋转 90°

——1 号风筝从 40°～20°倒立飞行

——2 号风筝从 20°～40°倒立飞行

其他

——风筝绕自身中线旋转

——在坐标中的位置

——平行线

MP06－山峰形

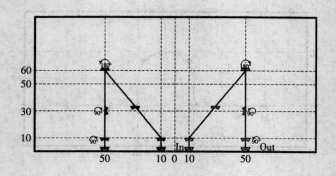

MP 06

关键要素

——沿对角线飞行

——动作的相对位置

其他

——起飞

——着陆

——风筝绕自身中线旋转

MP07- 多圆滑行

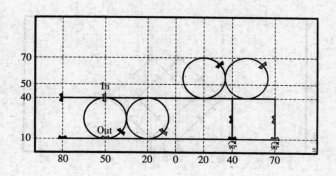

MP 07

关键要素

——圆形

——倒立滑行

说明

——风筝在做圆形飞行时前缘始终朝前

——先做左边的圆形飞行，并从上至下

其他

——平行线

——间隔把握

MP08- 钻石形

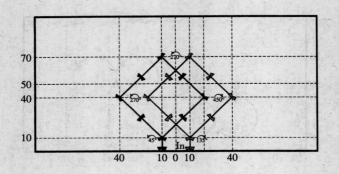

MP 08

关键要素

——间隔把握

——风筝绕自身中线旋转

说明

——起飞后两只风筝在 10°位置 45°左转

——着陆前两只风筝在 10°位置 135°右转

其他

——平行线

——直线

——动作的相对位置

MP09– 圆形射线

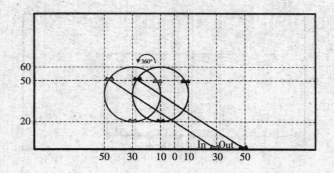

MP 09

关键要素

——沿对角线飞行

——圆形

其他

——倒立飞行

——平行线

——间隔把握

——动作的相对位置

MP10– 正方形

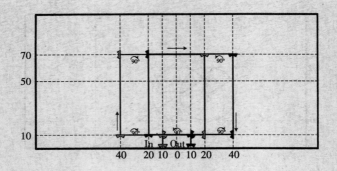

MP 10

关键要素

——直线

——速度控制

说明

——起飞后着陆前两只风筝均在 10°位置 90°左转

其他

——平行线

——间隔把握

——动作的相对位置

——风筝绕自身中线侧转

MP11- 对称三角

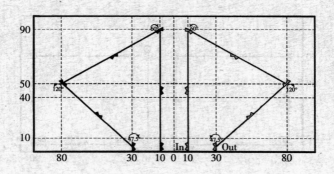

MP 11

关键要素

——直线

——在坐标中的位置

其他

——时间把握

——风筝绕自身中线旋转

——倒退飞行

——垂直滑行

MP12– 对称方形

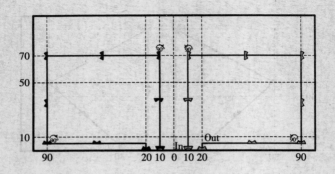

MP 12

关键要素

——直线

——动作的相对位置

其他

——倒立滑行

——垂直滑行

——风筝绕自身中线旋转

——在坐标中的位置

（六）多线团体规定动作图形

MT01- 直角瀑布

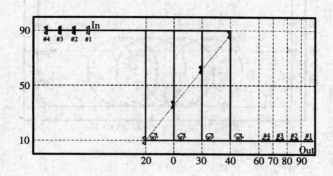

MT 01

关键要素

——间隔把握

——速度控制

说明

——完成垂直向下滑行风筝旋转 90°向右滑行

——1 号风筝向右滑行经过 2 号、3 号和 4 号风筝的下方

——2 号风筝向右滑行经过 3 号和 4 号风筝的下方

——3 号风筝向右滑行经过 4 号风筝的下方

其他

——在坐标中的位置

——直线

——风筝绕自身中线侧转

MT02– 追逐圆形

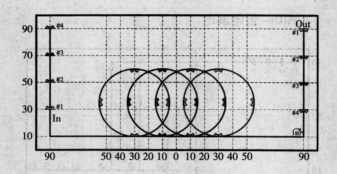

MT 02

关键要素

——圆形

——间隔把握

说明

——做圆形飞行时鼻子始终指向外侧。

其他

——直线

——动作的相对位置

——倒立滑行

——风筝绕自身中线旋转

MT03– 垂直旋转

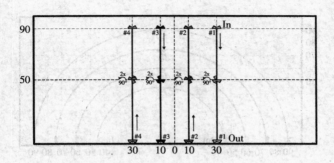

MT 03

关键要素

——直线

——风筝绕自身中线旋转

说明

——风筝在 50°位置旋转，旋转由两个 90°侧转组成，在 90°侧转之间要有停顿。

其他

——间隔把握

——动作的相对位置

MT04-彩虹

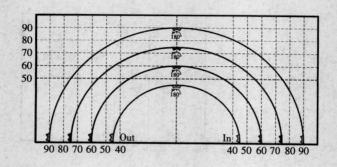

MT 04

关键要素

——间隔把握

——速度控制

说明

——起飞时以翼尖着地

——在坐标中线做180°旋转，完成后要有停顿

其他

——在坐标中的位置

——风筝绕自身中线旋转

MT05- 直角 2 字

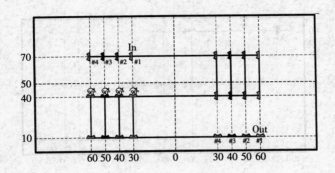

MT 05

关键要素

——速度控制

——间隔把握

其他

——垂直滑行

——风筝绕自身中线旋转

——在坐标中的位置

——直线

MT06- 阶梯下降

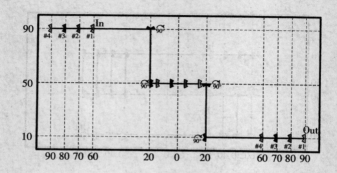

MT 06

关键要素

——动作的相对位置

——风筝绕自身中线旋转

说明

——每个直角 90°顺时针旋转

其他

——直线

——在坐标中的位置

——倒退飞行

MT07– 弧形传送带

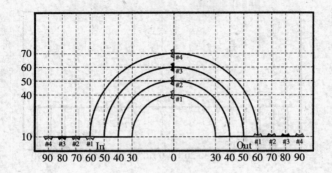

MT 07

关键要素

——弧形

——速度控制

其他

——动作的相对位置

——在坐标中的位置

——时间把握

MT08– 枢纽形

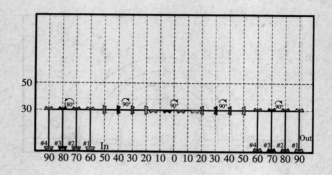

MT 08

关键要素

——风筝绕自身中线旋转

——直线

说明

——所有风筝同时做旋转动作

其他

——在坐标中的位置

——动作的相对位置

——速度控制

——倒退飞行

——水平滑行

MT09– 钻石造形

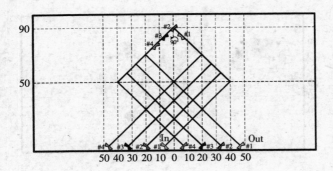

MT 09

关键要素

——速度控制

——间隔把握

说明

——所有风筝同时起飞，鼻子指向右侧 45°

——所有风筝同时抵达图形右上界

——所有风筝沿对角线向上到坐标中心 90° 的高度，后

如图向下滑行

——所有风筝同时着陆，鼻子指向左侧 45°

其他

——时间把握

——直角

——平行线

MT10– 阳光射线

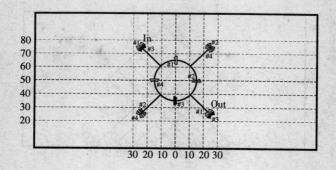

MT 10

关键要素

——速度控制

——时间把握

说明

——风筝数量不限

——1 号在对角 3 号进入的位置出，2 号在对角 4 号进入的位置出

——进入圆形飞行轨迹的间距相同

其他

——圆形